AF343856

ATELIER

Charles BUSSON

Officier de la Légion d'Honneur

Novembre 1908

IMPRIMERIE HENRI SCHILLER
3, PLACE DE LA RÉPUBLIQUE
PARIS

CATALOGUE

DES

TABLEAUX

PAR

Charles BUSSON

Artiste Peintre - Officier de la Légion d'Honneur

dont la Vente, par suite de décès

AURA LIEU

HOTEL DROUOT. - SALLE N° 6

Les Vendredi 27 et Samedi 28 Novembre 1908, à 2 heures

Mᵉ André COUTURIER, Commissaire-Priseur

Successeur de M. L. TUAL

56, Rue de la Victoire, 56

MM. J. CHAINE & SIMONSON, Experts

19, Rue Caumartin

EXPOSITION PARTICULIÈRE

GALERIES DES ARTISTES MODERNES

19, Rue Caumartin

Les Lundi 23 - Mardi 24 - Mercredi 25 Novembre 1908
de 10 heures à 5 heures

EXPOSITION PUBLIQUE

HOTEL DROUOT, SALLES Nᵒˢ 5 et 6 Réunies

Le Jeudi 26 Novembre 1908, de 1 heure 1/2 à 5 heures 1/2

CONDITIONS DE LA VENTE

La Vente sera faite au Comptant.

Les acquéreurs paieront *Dix pour cent* en sus des adjudications.

Cliché Braun, Clément et Cⁱᵉ

Charles BUSSON

1822 - 1908

CHARLES BUSSON *naquit à Montoire sur le Loir, dans le Vendômois, le 15 Juillet 1822 ; ses parents imbus des idées de la Bourgeoisie de l'époque, contrarièrent les débuts de sa carrière et ne lui pardonnèrent d'avoir passé outre à leurs conseils que lorsqu'en 1866 ils le virent décoré et classé parmi les premiers paysagistes de l'époque.*

Ayant commencé à dessiner avec Monsieur Lannay, professeur de dessin au Collège de Vendôme, il partit à l'âge de 18 ans pour Paris où il entra à l'atelier Raymond. C'était l'époque où l'on faisait des prix de Rome de paysage à l'atelier et CHARLES BUSSON *trop admirateur de la nature, ne voulut pas continuer cet art de convention malgré tout ce que lui promettait son maître, en voyant en lui un brillant élève pour l'avenir.*

Il quitta donc l'atelier pour aller sur la nature en Dauphiné, où il passa quelques mois et enfin il partit pour l'Italie en 1844. Il y resta 18 mois. Là il fit la connaissance de Français qui fut son second maître et l'ami le plus intime de sa vie avec Fromentin.

Revenu de Rome il se maria et vint habiter Paris. A l'Exposition Universelle de 1855 il obtint un vrai succès et dès lors fut classé parmi les bons paysagistes du temps. Il connut et devint l'ami de toute cette légion d'hommes de la génération précédente, Dupré, Daubigny, Corot, Troyon, etc., etc. et ne cessa de les fréquenter.

Ayant eu une médaille en 1855 il eut des rappels en 1857, 1859 et 1863. Une médaille à l'Exposition Universelle de 1867, une de première classe à l'Exposition Universelle de 1878 et fut hors concours, aux Expositions Universelles de 1889 et 1900, fût Chevalier de la Légion d'Honneur en 1866 et Officier en 1887; nommé du Jury pour la première fois en 1868, il ne cessa de l'être toute sa vie.

Il fut plusieurs années Vice-Président du Jury; Membre fondateur de la Société des Artistes Français, membre de ses comités et sous-comités, membre du comité de la Société Taylor.

Il était aimé de tous et tous avaient une confiance absolue dans son jugement. Toujours indulgent pour les jeunes il les aida de ses conseils et ne regarda jamais à sa peine et à son temps pour leur être utile.

Il fut du jury de toutes les Expositions Universelles Françaises et Étrangères depuis 1878 et remporta partout où il exposa en France et à l'Étranger, les plus hautes récompenses.

Nombreux sont ses tableaux acquis par l'État, trois sont au Luxembourg "UNE CHASSE AUX CANARDS" - "LES FOSSÉS DE LAVARDIN" et "UNE CRUE DU LOIR" - Les autres sont disséminés dans les Musés de Province tels que Blois, Vendôme, Tours, Rouen, Bordeaux, etc., etc.

Voici qu'elle fut la vie de ce grand artiste, admirateur enthousiaste de la nature et ayant cherché à la rendre avec sincérité et cette sensibilité qui se trouve dans toute son œuvre.

COLLECTION

DE

M. Charles BUSSON

Nᵒ 3

Cliché Braun, Clément et Cⁱᵉ

TABLEAUX

PAR

Charles **BUSSON**

DÉSIGNATION

1. — *Le Vieux Château de Montoire-sur-Loir.*
   SIGNÉ A DROITE; daté 1893.

   Toile Haut. 1m11 : Larg. 1m45.

2. — *Le Moulin d'Artin-sur-Loir.*
   SIGNÉ A DROITE. ; daté 1887.

   Toile Haut. 1m54 ; Larg. 2m15.

3. — *Le Loir à Prasay.*
   SIGNÉ A DROITE.

   Toile Haut. 0m95 ; Larg. 1m32.

4. — *Un Abreuvoir dans les Landes.*
   SIGNÉ A DROITE : daté 1895.

   Toile Haut 1m05 : Larg. 1m42.

5. — *La Plaine de Montoire-sur Loir.*
   SIGNÉ A DROITE.

   Toile Haut. 1m50 ; Larg. 2m14.

6. — *Venise; la nuit.*
SIGNÉ A DROITE.

Toile Haut. 0m88; Larg. 1m15.

7. — *Le soir dans les Landes près Dax.*
Salon 1905.
SIGNÉ A DROITE.

Toile Haut. 0m75; Larg. 1m05.

8. — *Une Mare aux environs du Pouliguen.*
Salon 1905.
SIGNÉ A DROITE.

Toile Haut. 0m47; Larg. 0m62.

9. — *Le Pont de Lavardin.*
SIGNÉ A DROITE.

Bois Haut. 0m35; Larg. 0m55.

10. — *Un Orage dans les Landes.*
Salon 1903.
SIGNÉ A DROITE.

Toile Haut. 0m37; Larg. 0m49.

11. — *Le Barengeon; Sologne.*
SIGNÉ A DROITE.

Toile Haut. 0m50; Larg. 0m66.

12. — *Paturages à Lavardin; effet de matin.*
SIGNÉ A DROITE.

Toile Haut. 0m49; Larg. 0m65.

13. — *L'Abreuvoir de Lavardin.*
SIGNÉ A DROITE.

Toile Haut. 0m74; Larg. 1m05.

14. — *Pont du Chemin de fer à Lavardin.*
SIGNÉ A DROITE.

Toile Haut. 0m61; Larg. 0m81.

15. — *Le petit Bois du Pouliguen.*
SIGNÉ A DROITE.

Toile Haut. 0m59; Larg. 0m76.

N° 10

Cliché Braun, Clément et Cie

16. — *La Route de Dolus; Touraine.*
SIGNÉ A GAUCHE.

Toile Haut. 0m53 ; Larg. 0m77.

17. — *Les Falaises au Bourg de Batz.*
SIGNÉ A DROITE.

Toile Haut. 0m53; Larg. 0m74.

18. — *Une Ferme à Yport.*
SIGNÉ A DROITE.

Toile Haut. 0m55; Larg. 0m76.

19. — *Le Loir à Prasay.*
SIGNÉ A DROITE.

Toile Haut 0m52; Larg. 0m74.

20. — *Le Loir à Saint-Martin.*
SIGNÉ A DROITE.

Toile Haut. 0m65; Larg. 0m54.

21. — *La Baignade à Prasay.*
SIGNÉ A DROITE; datée 1853.

Bois Haut. 0m45; Larg. 0m63.

22. — *Un Orage à Lavardin.*
SIGNÉ A DROITE.

Toile Haut. 0m46; Larg. 0m64.

23. — *Le Loir à Prasay; effet d'automne.*
SIGNÉ A GAUCHE.

Toile Haut. 0m50; Larg. 0m65.

24. — *La crue du Loir à Lavardin.*
SIGNÉ A DROITE.

Toile Haut. 0m47; Larg. 0m55.

25. — *Une Mare à Prasay.*
SIGNÉ A DROITE.

Toile Haut. 0m59; Larg. 0m45.

26. — *Une Rue à Lavardin.*

SIGNÉ A DROITE.

Toile Haut. 0^m55; Larg. 0^m46.

27. — *Le Déversoir de Prasay.*

SIGNÉ A DROITE.

Toile Haut. 0^m35 ; Larg. 0^m56.

28. — *Bords du Loir.*

SIGNÉ A DROITE.

Toile Haut. 0^m38 ; Larg. 0^m46.

29. — *Peupliers aux bords du Loir.*

SIGNÉ A GAUCHE.

Toile Haut. 0^m29 ; Larg. 0^m46.

30. — *La Baignade des chevaux à Prasay;
le soir.*

SIGNÉ A DROITE.

Toile Haut. 0^m37 ; Larg. 0^m50.

31. — *Les Roches à Daviette.*

SIGNÉ A GAUCHE.

Toile Haut. 0^m36 ; Larg. 0^m49.

32. — *Les Salines au Pouliguen.*

SIGNÉ A GAUCHE.

Toile Haut. 0^m38 ; Larg. 0^m48.

33. — *Etude à Lavardin.*

SIGNÉ A GAUCHE.

Toile Haut. 0^m27 ; Larg. 0^m35.

34. — *La Plaine de Lavardin; le matin.*

SIGNÉ A DROITE.

Toile Haut. 0^m24 ; Larg. 0^m39.

35. — *Les Lavandières au Bourg-de-Batz.*

SIGNÉ A GAUCHE.

Bois Haut. 0^m32 ; Larg. 0^m41.

N° 18

Cliché Braun, Clément et Cie

36. — *Animaux à l'abreuvoir au Pouliguen.*

SIGNÉ A DROITE.

Bois Haut. 0m32; Larg. 0m41.

37. — *L'Ile de Prasay.*

SIGNÉ A DROITE.

Toile Haut. 0m46; Larg. 0m55.

38. — *Les Ruines du Château de Lavardin.*

SIGNÉ A DROITE.

Bois Haut. 0m55; Larg. 0m46.

39. — *Les Prairies de Prasay.*

SIGNÉ A DROITE.

Bois Haut. 0m55: Larg. 0m42.

40. — *Environs du Pouliguen.*

SIGNÉ A GAUCHE.

Toile Haut. 0m34 ; Larg. 0m52.

41. — *Les Berges du Loir.*

SIGNÉ A DROITE.

Toile Haut. 0m38; Larg .0m55.

42. — *Marée Basse au Pouliguen.*

SIGNÉ A DROITE.

Toile Haut. 0m34; Larg. 0m42.

43. — *Les Coteaux de Lavardin.*

SIGNÉ A DROITE.

Toile Haut. 0m34; Larg. 0m49.

44. — *Un bras du Loir à Prasay.*

SIGNÉ A GAUCHE.

Toile Haut. 0m38 ; Larg. 0m46.

45. — *Le petit bras du Loir.*

SIGNÉ A GAUCHE.

Toile Haut. 0m36; Larg. 0m50.

46. — *L'Ile de Lavardin.*
SIGNÉ A DROITE.

Toile Haut. 0m38; Larg. 0m46.

47. — *Une Ferme à Yport.*
SIGNÉ A GAUCHE.

Toile Haut. 0m38; Larg. 0m46.

48. — *Les Berges du Loir.*
SIGNÉ A GAUCHE.

Toile Haut. 0m37; Larg. 0m46.

49. — *Dans les Landes.*
SIGNÉ A DROITE.

Toile Haut. 0m31; Larg. 0m50.

50. — *Les Coteaux de Lavardin.*
SIGNÉ A DROITE.

Toile Haut. 0m36 ; Larg. 0m50.

51. — *Les Sables au Pouliguen.*
SIGNÉ A DROITE.

Bois Haut. 0m32; Larg. 0m52.

52. — *Tournant du Loir à Lavardin.*
SIGNÉ A DROITE.

Toile Haut. 0m38; Larg. 0m46.

53. — *Le Pont de Lavardin; effet d'orage.*
SIGNÉ A GAUCHE.

Toile Haut. 0m32; Larg. 0m41.

54. — *Le Quai des Esclavons; Venise.*
SIGNÉ A GAUCHE.

Bois Haut. 0m38; Larg. 0m46.

55. — *Les Fossés du Château de Lavardin.*
SIGNÉ A DROITE.

Bois Haut. 0m38; Larg. 0m46.

Nᵒ 20
Cliché Braun, Clément et Cⁱᵉ

56. — *Faubourg de Prasay.*
SIGNÉ A GAUCHE.

Bois Haut. 0m46; Larg. 0m38.

57. — *Les Saules à Lavardin.*
SIGNÉ A DROITE.

Toile Haut. 0m35; Larg 0m27.

58. — *Pêcheurs sous le pont de Lavardin.*
SIGNÉ A DROITE.

Toile Haut. 0m35; Larg. 0m44.

59. — *Les Coteaux de Lavardin.*
SIGNÉ A GAUCHE.

Toile Haut. 0m33; Larg. 0m41.

60. — *La Gelée blanche.*
SIGNÉ A GAUCHE.

Toile Haut. 0m32; Larg. 0m41.

61. — *Environs de Montoire.*
SIGNÉ A GAUCHE.

Toile Haut. 0m31; Larg. 0m42.

62. — *L'Ile de Lavardin.*
SIGNÉ A DROITE.

Toile Haut. 0m41; Larg. 0m32.

63. — *Vieux Saule sur le Loir.*
SIGNÉ A GAUCHE.

Bois Haut. 0m41; Lar... 0m32.

64. — *Entrée de Lavardin.*
SIGNÉ A DROITE.

Bois Haut. 0m32; Larg. 0m41.

65. — *Lisière de bois à Daviette.*
SIGNÉ A GAUCHE.

Toile Haut. 0m31; Larg. 0m40.

66. — *Le Barengeon à Vignoux; Sologne.*
SIGNÉ A GAUCHE.

Toile Haut. 0m33; Larg. 0m41.

67. — *Une Rue à Lavardin.*
SIGNÉ A GAUCHE.

Toile Haut. 0m33; Larg. 0m41.

68. — *Le déversoir de Prasay.*
SIGNÉ A DROITE.

Toile Haut. 0m27; Larg. 0m39.

69. — *La Plaine de Lavardin.*
SIGNÉ A DROITE.

Toile Haut. 0m27; Larg. 0m38.

70. — *Un Bras du Loir.*
SIGNÉ A DROITE.

Toile Haut. 0m27; Larg. 0m38.

71. — *Le Soir aux environs de Montoire.*
SIGNÉ A GAUCHE.

Toile Haut. 0m29; Larg. 0m38.

72. — *Le grand canal à Venise.*
SIGNÉ A GAUCHE.

Bois Haut. 0m23; Larg. 0m31.

73. — *Pâturages aux bords du Loir.*
SIGNÉ A DROITE.

Toile Haut. 0m27; Larg. 0m36.

74. — *Le Loir à Lavardin.*
SIGNÉ A DROITE.

Bois Haut. 0m32: Larg. 0m24.

75. — *Pâturages aux environs de Montoire.*
SIGNÉ A DROITE.

Bois Haut. 0m24; Larg. 0m34

76. — *Le Vieux pont de Lavardin.*
    SIGNÉ A GAUCHE.

Bois Haut. 0ᵐ27; Larg. 0ᵐ35.

77. — *Dans les friches à Daviette.*
    SIGNÉ A DROITE.

Toile Haut. 0ᵐ24; Larg. 0ᵐ40.

78. — *Au Pouliguen.*
    SIGNÉ A GAUCHE.

Toile Haut. 0ᵐ27; Larg. 0ᵐ40.

79. — *Soleil couchant au Pouliguen.*
    SIGNÉ A DROITE.

Toile Haut. 0ᵐ22; Larg. 0ᵐ35.

80. — *Les Bords du Loir.*
    SIGNÉ A GAUCHE.

Toile Haut. 0ᵐ24; Larg. 0ᵐ30.

81. — *Les Dunes au Pouliguen.*
    SIGNÉ A DROITE.

Bois Haut. 0ᵐ28; Larg. 0ᵐ39.

82. — *Le Soir dans les Landes.*
    SIGNÉ A GAUCHE.

Bois Haut. 0ᵐ29; Larg. 0ᵐ42.

83. — *Ruines du Château de Lavardin.*
    SIGNÉ A DROITE.

Bois Haut. 0ᵐ32; Larg. 0ᵐ41.

84. — *L'Ile de Prasay.*
    SIGNÉ A DROITE.

Toile Haut. 0ᵐ33; Larg. 0ᵐ41.

85. — *Une Mare dans les Landes.*
    SIGNÉ A GAUCHE.

Bois Haut. 0ᵐ31; Long. 0ᵐ44.

86. — *Le Loir sous bois.*

SIGNÉ A GAUCHE.

Toile Haut. 0m25; Larg. 0m41.

87. — *Sur les Falaises au Bourg de Batz.*
SIGNÉ A DROITE.

Bois Haut. 0m27; Larg. 0m40.

88. — *Le Déversoir de Lavardin.*
SIGNÉ A GAUCHE.

Toile Haut. 0m27; Larg. 0m41.

89. — *Les Salines au Bourg de Batz.*
SIGNÉ A GAUCHE.

Bois Haut. 0m28; Larg. 0m39.

90. — *Étude dans les Landes.*
SIGNÉ A GAUCHE.

Bois Haut. 0m30; Larg. 0m40.

91. — *Les Prairies à Montoire.*
SIGNÉ A DROITE.

Bois Haut. 0m27; Larg. 0m40.

92. — *Soleil couchant au Bourg de Batz.*
SIGNÉ A DROITE.

Toile Haut. 0m27; Larg. 0m41.

93. — *Temps de pluie à Montoire.*
SIGNÉ A GAUCHE.

Toile Haut. 0m41; Larg. 0m33.

94. — *Étude dans les Landes.*
SIGNÉ A DROITE.

Toile Haut. 0m27; Larg. 0m39.

95. — *Le Bourg de Batz.*
SIGNÉ A GAUCHE.

Bois Haut. 0m27; Larg. 0m41.

N° 22   Cliché Braun, Clément et C

96. — *La plaine de Lavardin.*
SIGNÉ A GAUCHE.

Toile Haut. 0m27; Larg. 0m38.

97. — *Soleil couchant dans les plaines de Lavardin.*
SIGNÉ A GAUCHE.

Toile Haut. 0m27 ; Larg. 0m38.

98. — *Faubourg de Prasay: le Matin.*
SIGNÉ A GAUCHE.

Bois Haut. 0m35 ; Larg. 0m30.

99. — *Soleil couchant dans les Landes.*
SIGNÉ A GAUCHE.

Bois Haut. 0m27 ; Larg. 0m40.

100. — *Lisière de bois dans les Landes.*
SIGNÉ A GAUCHE.

Toile Haut. 0m27 ; Larg. 0m40.

101. — *Marécages dans les Landes.*
SIGNÉ A DROITE.

Toile Haut. 0m27 ; Larg. 0m38.

102. — *Chemin sous bois.*
SIGNÉ A DROITE.

Toile Haut. 0m36 ; Larg. 0m23.

103. — *Le Château de Lavardin.*
SIGNÉ A GAUCHE.

Bois Haut. 0m27 ; Larg. 0m36.

104. — *Venise.*
SIGNÉ A GAUCHE.

Bois Haut. 0m25 ; Larg. 0m33.

105. — *Ruisseau dans les fossés de Lavardin.*
SIGNÉ A DROITE.

Bois Haut. 0m33 ; Larg. 0m24.

106. — *Venise.*
SIGNÉ A GAUCHE.

Toile Haut. 0m25 ; Larg. 0m33.

107. — *Venise.*
SIGNÉ A DROITE.

Toile Haut. 0m25; Larg. 0m33.

108. — *Crépuscule à Montoire.*
SIGNÉ A DROITE.

Toile Haut. 0m23; Larg. 0m29.

109. — *Laveuse au bord du Loir.*
SIGNÉ A GAUCHE.

Bois Haut. 0m17; Larg. 0m28.

110. — *Les Bords du Barengeon; Sologne.*
SIGNÉ A DROITE.

Bois Haut. 0m28; Larg. 0m40.

111. — *Les Bords du Loir.*
SIGNÉ A DROITE.

Toile Haut. 0m30; Larg. 0m41.

112. — *Ravins de Lavardin.*
SIGNÉ A DROITE.

Toile Haut. 0m56; Larg. 0m.70

113. — *Les ponts de Lavardin.*
SIGNÉ A DROITE.

Toile Haut. 0m72; Larg. 0m95.

114. — *Dans les Landes.*
SIGNÉ A DROITE.

Toile Haut. 0m56; Larg. 0m88.

115. — *Les bords du Loir.*
SIGNÉ A DROITE.

Toile Haut. 0m67; Larg. 0m58.

116. — *Les fossés de Lavardin.*
SIGNÉ A GAUCHE.

Toile Haut. 0m59; Larg. 0m45.

117. — *Lavardin.*
SIGNÉ A DROITE.

Toile Haut. 0m46; Larg. 0m56.

No 30

Cliché Braun, Clément et Cie

118. — *La Maison du garde ; effet de nuit.*
SIGNÉ A DROITE.

Bois Haut. 0m46; Larg. 0m61.

119. — *Le Loir à Lavardin.*
SIGNÉ A DROITE.

Toile Haut. 0m47; Larg. 0m55.

120. — *Le Loir à St-Martin.*
SIGNÉ A DROITE.

Toile Haut. 0m47; Larg. 0m55.

121. — *Château de Montoire.*
SIGNÉ A GAUCHE.

Toile Haut. 0m38; Larg. 0m55.

122. — *A Sainte-Claire près Compiègne.*
SIGNÉ A DROITE.

Toile Haut. 0m46; Larg. 0m38.

123. — *Le Ravin de Lavardin.*
SIGNÉ A GAUCHE.

Bois Haut. 0m38; Larg. 0m46.

124. — *Dans les Landes.*
SIGNÉ A DROITE.

Toile Haut. 0m28 · Larg. 0m45.

125. — *La crue du Loir.*
SIGNÉ A DROITE

Toile Haut. 0m33; Larg. 0m47.

126. — *Marais dans les Landes.*
SIGNÉ A GAUCHE.

Toile Haut. 0m39; Larg. 0m62.

127. — *Bords du Loir.*
SIGNÉ A GAUCHE.

Toile Haut. 0m36; Larg. 0m50.

128. — *Les herbages à Montoire.*
SIGNÉ A GAUCHE.

Toile Haut. 0m37; Larg. 0m49.

129. — *Le Loir à Lavardin.*
SIGNÉ A DROITE.

Toile Haut. 0ᵐ38; Larg. 0ᵐ46.

130. — *A Vignoux sur Barengeon ; Cher.*
SIGNÉ A GAUCHE.

Toile Haut. 0ᵐ38; Larg. 0ᵐ46.

131. — *Dans les ravins de Lavardin.*
SIGNÉ A DROITE.

Bois Haut. 0ᵐ46; Larg. 0ᵐ38.

132. — *Mare aux environs du Pouliguen.*
SIGNÉ A GAUCHE.

Bois Haut. 0ᵐ38; Larg. 0ᵐ46.

133. — *Les Peupliers en automne.*
SIGNÉ A DROITE.

Bois Haut. 0ᵐ32; Larg. 0ᵐ46.

134. — *La Mer au Pouliguen.*
SIGNÉ A DROITE.

Toile Haut. 0ᵐ27; Larg. 0ᵐ45.

135. — *Le Soir.*
SIGNÉ A GAUCHE.

Toile Haut. 0ᵐ33; Larg. 0ᵐ41.

136. — *Sur les berges du Loir.*
SIGNÉ A DROITE.

Toile Haut. 0ᵐ33 ; Larg. 0ᵐ41.

137. — *L'entrée du pont de Lavardin.*
SIGNÉ A DROITE.

Toile Haut. 0ᵐ33; Larg. 0ᵐ41.

138. — *Le Château de Lavardin.*
SIGNÉ A DROITE.

Bois Haut. 0ᵐ32; Larg. 0ᵐ.41

139. — *Étude d'Animaux.*
SIGNÉ A DROITE.

Bois Haut. 0ᵐ 27; Larg. 0ᵐ41.

N° **38**   Cliché Braun, Clément et C°

140. — *Pâturages.*
SIGNÉ A GAUCHE.

Toile Haut. 0ᵐ27; Larg. 0ᵐ41.

141. — *Une Mare.*
SIGNÉ A DROITE.

Toile Haut. 0ᵐ27; Larg. 0ᵐ38.

142. — *Sous bois.*
SIGNÉ A DROITE.

Bois Haut. 0ᵐ23; Larg. 0ᵐ46.

143. — *La plaine de Montoire.*
SIGNÉ A DROITE.

Toile Haut. 0ᵐ27; Larg. 0ᵐ35.

144. — *Les salines au Bourg de Batz.*
SIGNÉ A DROITE.

Bois Haut. 0ᵐ25; Larg. 0ᵐ38.

145. — *Les Prés près Montoire.*
SIGNÉ A DROITE.

Toile Haut. 0ᵐ25; Larg. 0ᵐ39.

146. — *Le matin à Lavardin.*
SIGNÉ A DROITE.

Toile Haut. 0ᵐ33; Larg. 0ᵐ25.

147. — *Ste-Claire; près Compiègne.*
SIGNÉ A DROITE.

Toile Haut. 0ᵐ33; Larg. 0ᵐ25.

148. — *Étude sous bois.*
SIGNÉ A DROITE.

Toile Haut. 0ᵐ27; Larg. 0ᵐ35.

149. — *Étude.*
SIGNÉ A DROITE.

Toile Haut. 0ᵐ34; Larg. 0ᵐ24.

150. — *Prairies au Soleil couchant.*
SIGNÉ A DROITE.

Toile Haut. 0ᵐ23; Larg. 0ᵐ35

151. — *Étude de Taureau.*
SIGNÉ A DROITE.

Toile Haut. 0m27 ; Larg. 0m38.

152. — *Campagne de Rome.*
SIGNÉ A DROITE.

Toile Haut. 0m22 ; Larg. 0m38.

153. — *Bords d'un Étang.*
SIGNÉ A DROITE.

Toile Haut. 0m27 ; Larg. 0m38.

154. — *Les Lavoirs de Montoire.*
SIGNÉ A DROITE.

Toile Haut. 0m23 ; Larg. 0m36.

155. — *Le pont-levis de Lavardin.*
SIGNÉ A GAUCHE.

Toile Haut. 0m24 ; Larg. 0m25.

156. — *Campagne de Rome.*
SIGNÉ A GAUCHE.

Toile Haut. 0m20 ; Larg. 0m31.

157. — *Dans les Landes.*
SIGNÉ A DROITE.

Toile Haut. 0m27 ; Larg. 0m40.

158. — *Les bords du Loir.*
SIGNÉ A DROITE.

Toile Haut. 0m27 ; Larg. 0m40.

159. — *Grands arbres au bord du Loir.*
SIGNÉ A DROITE.

Toile Haut. 0m33 ; Larg. 0m44.

160. — *Dans les Landes.*
SIGNÉ A DROITE.

Toile Haut. 0m54 ; Larg. 0m76.

161. — *Animaux dans la prairie.*
SIGNÉ A DROITE.

Toile Haut. 0m46 ; Larg. 0m64.

Nᵒ 53

Cliché Braun, Clément et Cie

TABLEAUX

DESSINS ET AQUARELLES

PAR

Divers Artistes

CESBRON (A.)

162. — *Pommes de terre à l'eau.*

SIGNÉ A GAUCHE.

Toile Haut. 0m40; Larg. 0m59.

DRAMARD (G. DE)

163. — *Le Clos Normand.*

SIGNÉ A GAUCHE.

Toile Haut 0m36; Larg. 0m45.

FOUACE (G.)

164. — *Nature Morte.*

SIGNÉ A DROITE DATÉ 1885,

Toile Haut. 0m46; Larg. 0m32.

FRANÇAIS (L.)

165. — *Bords du Tévérone; campagne de Rome.*

SIGNÉ A GAUCHE ; Rome.

Toile Haut. 0ᵐ20 ; Larg. 0ᵐ32.

FRANÇAIS (L.)

166. — *Le Moulin.*

SIGNÉ A DROITE.

Papier Haut. 0ᵐ30 ; Larg. 0ᵐ40.

FRANÇAIS (L.)

167. — *Venise.*

Aquarelle ; SIGNÉE A GAUCHE.

Vue Haut. 0ᵐ28 ; Larg. 0ᵐ43.

FRANÇAIS (L.)

168. — *Baigneuses.*

Aquarelle rehaussée de gouache.

SIGNÉE A GAUCHE. Daté 1859.

Vue Haut. 0ᵐ32 ; Larg. 0ᵐ36.

FRANÇAIS (L.)

169. — *Une Femme de Rome.*

Aquarelle ; SIGNÉE A GAUCHE ; Daté Rome 1847.

Vue Haut. 0ᵐ21 ; Larg. 0ᵐ14.

FRANÇAIS

170. — *Un Sémaphore sur les côtes de Bretagne ; la nuit.*

Bois Haut. 0^m32 ; Larg. 0^m23.

GARDINES (Jeanne)

171. — *Roses.*

Aquarelle ; SIGNÉE A GAUCHE.

Vue Haut. 0^m55 ; Larg. 0^m38.

GUILLAUMET (G.)

172. — *Place du Marché à Teniet-El-Had.*

SIGNÉ A DROITE.

Nº 78 du Catalogue de la Vente faite après le décès de l'artiste.

Toile Haut. 0^m30 ; Larg. 0^m47.

GUILLON (A.)

173. — *Vue de Vezelay (Yonne).*

Dessin à la plume.

SIGNÉ A GAUCHE.

LUMINAIS

174. — *Étude.*

Dessin au crayon Conté.

SIGNÉ A DROITE.

L. M.

175. — *Étude d'Architecture.*

Toile Haut. 0m24 ; Larg. 0m32.

NOZAL

176. — *La Tour de Rochepauvre.*

Pastel

SIGNÉ A GAUCHE.

Haut. 0m48 ; Larg. 0m44.

PAPLEU (V.)

177. — *Barques de pêche dans le Port d'Ostende.*

SIGNÉ A GAUCHE.

Bois Haut. 0m16 ; Larg. 0m23.

PROTAIS (A.)

178. — *Morts au Champ d'Honneur.*

SIGNÉ A DROITE.

Toile Haut. 0m27 ; Larg. 0m36.

SEGÉ (A.)

179. — *Paysage à Carrière Saint-Denis.*

SIGNÉ A DROITE.

Toile Haut. 0m31 ; Larg. 0m46.

Nᵒ 68

THUILLIER

180. — *Paysage*.

SIGNÉ A DROITE.

Toile Haut. 0m30; Larg. 0m48.

VOLLON (A.)

181. — *Branche chargée de prunes*.

SIGNÉ A DROITE.

Toile Haut. 0m55; Larg. 0m46.

INCONNU

182. — *Paysage; effet de soir*.

183. — *Cadre contenant six lithographies*.

D'après divers Artistes.

Imp. Henri Schiller.   Paris

RED. :

20

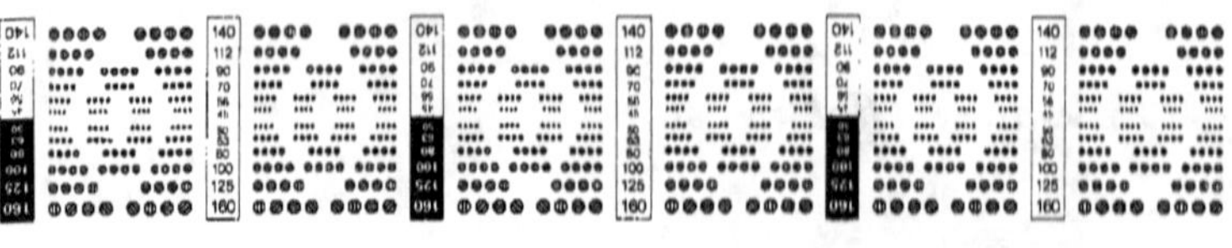

0 1 2 3 4 5 6 7 8 9 10

379 89 70

graphicom